Vente du Lundi 6 Novembre 1911

HOTEL DROUOT — SALLE N° 7

MARIE ANTOINETTE,
Dauphine de France

N° 6 du Catalogue.

ESTAMPES

DU

XVIIIᵉ SIÈCLE

Mᵉ ANDRÉ DESVOUGES

M. LOYS DELTEIL

FRAZIER-SOYE

GRAVEUR-IMPRIMEUR

153-157, RUE MONTMARTRE

PARIS

CATALOGUE

DES

ESTAMPES

DU

XVIIIe SIECLE

Imprimées en noir et en couleurs

ŒUVRES

DE

BAUDOUIN, BONNET, BOUCHER, DEBUCOURT, DEMARTEAU,
FRAGONARD, GAUTIER-DAGOTY, HUET,
JANINET, LAVREINCE, LECŒUR, MOREAU, MORLAND,
REYNOLDS, ROMNEY, SERGENT, SMITH, ETC.

Dont la vente aura lieu

à Paris, HOTEL DROUOT, Salle N° 7

Le Lundi 6 Novembre 1911

à 2 heures précises

Par le ministère de Me ANDRÉ DESVOUGES,

COMMISSAIRE-PRISEUR

26, Rue de la Grange-Batelière

Assisté de M. LOYS DELTEIL, Graveur et Expert

2, Rue des Beaux-Arts

(. . . . .)

D.C.412

CONDITIONS DE LA VENTE

Elle sera faite au comptant.

Les adjudicataires paieront *dix pour cent* en sus des enchères.

M. LOYS DELTEIL remplira les commissions que voudront bien lui confier les amateurs ne pouvant y assister.

MM. les amateurs pourront visiter la collection, *2, rue des Beaux-Arts*, du Lundi 30 Octobre au Samedi 4 Novembre 1911, de 2 heures à 5 heures (le 1er Novembre excepté).

DÉSIGNATION

AMÉRIQUE (Estampes relatives à)

1. Estaing (Cte d') — Washington (G.) — Cook — Franklin (B.) — Rochambeau (Cte de), 8 pl. par Barbié, Dupin, Le Roy, Le Beau, etc. Belles épreuves.

BAUDOUIN (d'apr. P. A.)

2. Le Couché de la Mariée, par Moreau le jeune et Simonet (16). Belle épreuve, encadrée (petites épidermures).

3. Les Cerises, par Ponce (13). Belle épreuve de tirage postérieur.

BERGERET (P. N.)

4. Les Musards de la rue du Coq (ou la devanture de l'éditeur Martinet). Très belle épreuve, *coloriée*. Rare.

BOILLY (d'apr. L.)

5. Ça ira — Ça a été. Deux pièces par Mathias et Texier, se faisant pendants. Belles épreuves (sans marges).

BONNET (L. M.)

6. Marie-Antoinette, Dauphine de France. In-8°. Superbe épreuve *tirée en sanguine.* Très rare.

7. Du Barry (Mme), 1769. In-8°. Très belle épreuve, *imp. en couleurs.*

8. Tête de Flore (Mme de Pompadour ou Mme Baudouin), d'apr. F. Boucher, 1769. Superbe épreuve *avec toutes les planches de couleurs* (sans marges, très légèrement rognée dans le bas).

9. La Justice, d'apr. F. Boucher. Belle épreuve tirée sur papier bleu, avec rehauts de blanc.

BONNET (L. M.)?

10. La Lettre. Très belle épreuve, *avant toute lettre, imp. en couleurs.*

BOUCHARDON (d'apr.)

11. L'Amour et Psyché. 2 pl. par Caylus et Fessard, se faisant pendants. Très belles épreuves.

BOUCHER (d'apr. F.)

12. Les Charmes du Printemps — Les Amusements de l'Hiver. Deux pièces par J. Daullé, la première très belle, la seconde légèrement restaurée.

12 *bis*. Vulcain forgeant les armes d'Enée, par   ?
Très belle épreuve, *avant toute lettre*.

13. La Marchande d'Œufs — L'Eté — L'Automne. Trois pièces par Karnowitz et Panine, 1763. Superbes épreuves. Rares.

14. Les Délices de l'Automne, par Daullé — Le Fleuve Scamandre, par Larmessin — Jupiter et Léda, par Ryland. Trois pièces (manquent un peu de conservation).

15. Sujets divers. Dix pièces, par Duflos, Lépicié, Huquier, P. Angier, etc., la plupart en belles épreuves.

16. Sujets d'Enfants. Dix-huit pièces par Aveline, Huquier, Daullé, Hertel, etc., la plupart en belles épreuves.

CAMPION

17. Prise de la Bastille — Démolition de la Bastille.
Deux pièces formant pendants. Belles épreuves,
imp. en couleurs.

CARESME (d'apr. Ph.)

18. La Danse champêtre, par Wossinik. Très belle
épreuve, *imp. en couleurs*, sans marges.

Nº 4 du Catalogue.

CARMONTELLE (d'apr. L. C. de)

19. Mlle Allard et Dauberval, dans l'Opéra de Sylvie,
par Tilliard. Belle épreuve.

CHALLE (d'apr. M. A.)

20. L'Après-Midy, par Bonnet. Très belle épreuve,
imp. en couleurs.

CHARDIN (d'apr. J. B. S.)

21. Les Tours de cartes, par Surugue fils (51). Belle
épreuve.

CHEREAU (J. et F.) — PITAU (N.)

22. Aragon (Jeanne d'), d'apr. Raphaël — Geoffroy (M. F.), d'apr. Largilliere — Fieubet (G. de), d'apr. C. Le Febvre. Trois pièces. Belles épreuves.

CIPRIANI (d'apr. G. B.)

23. Ne dérangez pas le monde, petite planche. Très belle épreuve, *imp. en couleurs*, sans marges.

24. Baigneuse, par F. Bartolozzi, 1779. De forme ovale. Très belle épreuve, *imp. en sanguine*.

COCHIN fils (C. N.)

25. Illumination de la rue de la Ferronnerie, 1745, par Beauvais. Rare épreuve *à l'état d'eau-forte, avant toute lettre*.

COSTUMES

26. Gallerie des Modes Françaises, planches à 4 coiffures, n° 12 (14, 20), soit trois pièces *coloriées* (2 restaurées).

27. L'Anglais à la promenade — Coiffure pour homme — La Nonchalante — Jeune Dame en Polonoise — Petit Maître en Habit — Les Saisons. Neuf pièces. Belles épreuves (4 *coloriées*).

COUTELLIER

28. Menier (Joseph) — Michu. Deux pièces. Très belles épreuves, *imp. en couleurs* (sans marges).

DANLOUX (d'après)

29. *Ah! si je te tenais... — Je t'en ratisse*. Deux pièces par Beljambe, se faisant pendants. Encadrées.

DEBUCOURT (P. L.)

30. Le Compliment ou la Matinée du Jour de l'an (15). Belle épreuve *imprimée en couleurs*, du 1er tirage (petites restaurations).

31. Cheval qu'on bouchonne au retour d'une course, d'apr. C. Vernet (137). Belle épreuve (petites cassures).

32. La Chasse, d'apr. C. Vernet (141). Belle épreuve du 1ᵉʳ état (petite cassure).

LE BAISER A LA DÉROBÉE

N° 70 du Catalogue.

33. Les Chiens ayant perdu la trace, d'apr. C. Vernet (166). Belle épreuve du 1ᵉʳ tirage. *avec l'adresse d'Auber*.

34. La Toilette d'un Clerc de Procureur, d'apr. C. Vernet (308). Très belle épreuve du 1ᵉʳ tirage, *coloriée*.

DEMARTEAU (G.)

35. L'Education de l'Amour, d'apr. F. Boucher. Belle
épreuve *tirée en sanguine*, à grandes marges
(petites taches). Encadrée.

36. Le Mouton chéri, d'apr. J. B. Huet (n° 434). Très
belle épreuve, *tirée en 3 tons* (sans marges).

37. Pastorale, d'apr. F. Boucher (n° 585). Très belle
épreuve, *imp. en couleurs* (sans marges).

38. La Bohémienne (n° 43) — Paysanne (n° 69) — Buste
de Femme (n° 90). Trois pièces d'apr. F. Boucher.
Belles épreuves, *tirées en sanguine*.

DEMARTEAU (G.) — BONNET (L. M.)

39. Groupes d'Amours, d'apr. Boucher — Scène chi-
chinoise — Buste de Femme, d'apr. Ch. Eisen.
Sept pièces, *tirées en sanguine*.

DIVERS

40. Le Tems perdu, par Halbou, d'apr. Wille fils — La
Cuisinière — La Couturière, par Kaufman, d'apr.
Schuppen — Jupiter et Sémélé, par Daullé,
d'apr. Mattei — Moïse sauvé des Eaux, par
Audenaerde — Marie, Reine d'Angleterre, par
I. Smith, d'apr. Kneller. Six pièces.

41. Etudes diverses, 86 estampes et dessins.

DREVET (P.-J.)

42. Bernard (Samuel), d'apr. H. Rigaud (11). Très
belle épreuve (légères cassures). Encadrée.

DROUAIS (d'après F.-H.)

43. L'Enfant au Polichinelle — La petite Espiègle.
Deux pièces par A. F. Hémery, se faisant pendants. Bonnes épreuves.

Nº 79 du Catalogue.

DUPLESSI-BERTAUX (d'après J.)

44. Le Charlatan français — Le Charlatan allemand.
Deux pièces par Helman, se faisant pendants.
Superbes épreuves, *avant la dédicace*.

ÉCOLES FRANÇAISE ET ANGLAISE

45. La Femme aux papillons, petite pl. de forme ronde,
impr. en couleurs et *rehaussée*. Encadrée.

46. *The Country Maid* — *Zara*. Deux pièces, la 1ʳᵉ
tirée en bistre, la 2ᵉ *imp. en couleurs*.

47. Les Amants surpris, par Choffard, d'apr. Baudouin
— Le Diable à quatre, par Michel, d'apr. Che-
vallier. Deux pièces, encadrées (la 1ʳᵉ manque un
peu de conservation).

48. La Marchande d'amour — Education — Nanette
effrayée — Vignette pour le *Sacrifice à l'Amour*.
Quatre pièces par Beauvarlet, Igonet, Gutten-
berg et Duclos, d'ap. Vien, Villebois, Mayer et
Marillier. Belles épreuves.

49. Le Retour de la Chasse, par Mᵐᵉ Montalant, d'ap.
Dutailly — Les Incroyables — Henri IV à
l'Assemblée des Notables, par Janinet — Les
petits Buveurs de lait, par Boucher — La Liseuse,
par Schencker. Cinq pièces. Belles épreuves.

50. Le Philosophe marié, d'ap. Lancret — La Cruche
cassée et la Vertu chancelante, par Massard,
d'apr. Greuze (tirages modernes) — Naissance et
Triomphe de Vénus, par Daullé, d'ap. Boucher
— Fr. d'Auguesseau, par Mᵐᵉ de Cernel. Cinq
pièces (la dernière *impr. en couleurs*).

51. L'ouye et le toucher — La petite Fille au Capucin,
par Ingouf, d'apr. Greuze — *A me voir...*, par
Chateau, d'ap. Santerre — *Ce dépit...* par Surugue fils, d'apr. Coypel — Le R. P. A. de Pâris,
par Sᵗ Non. Cinq pièces. Bonnes épreuves.

52. Le Tartufe, *av' t. l.*—Traité de Paix de l'An X (chez Tiger)—M" Crouch, par E. Harding, d'ap. Barry — Chevert, par Vangélisty — Clos (C. J.) — Herault (R.), par Dupuis. Six pièces, la plupart en belles épreuves.

53. Allégorie relative à la naissance de Madame Première, par Chapuy, d'ap. A. Joly — Roméo et Juliette, 5 pl. par A. Walker — Le Porte-Drapeau de la Fête civique, par Copia, d'apr. Boilly — Eloge de Luxembourg, par le P^{ce} de Conti, par Morret, d'ap. Sergent. Huit pièces. Belles épreuves (la dernière, *av' t. l., imp. en couleurs*).

54. Sujets gracieux, 8 pièces d'ap. Russell, Stothard, A. Kauffman, etc., la plupart en belles épreuves (une *imp. en couleurs*).

55. Annette et Lubin — Le Glouton — Sujets divers. Neuf pièces d'ap. Baudouin, Jeaurat, Mercier, Pater, etc.

56. Sujets gracieux. Dix pièces, d'après Grimoux, Eisen, Moreau-le-Jeune, Schall, Boucher, etc., la plupart en belles épreuves.

57. L'Amour et Psiché — Le Plaisir liant les ailes de l'Amour — Flore — Diane — La Moisson — La Glaneuse — Meschinello — Intérieur de tabagie — Bas-relief, etc. Onze pièces par ou d'apr. Laffitte, Janinet, Chaponnier, Sicardi, Roger, etc., la plupart en belles épreuves (une *imp. en couleurs*).

58. Les Modèles, par De Longueil, d'ap. Le Prince — L'Amour au Théâtre-Français, par C. N. Cochin Les Sens, 3 pl. par Le Bas, d'apr. Teniers — Arabesques, suite de 6 pl., soit ensemble onze pièces (deux manquent de conservation).

59. Sujets gracieux — Scènes burlesques, plusieurs relatives à l'Amérique, 14 pl. d'apr. Dutailly, Moreau-le-Jeune, Lancret, B. West, etc. (plusieurs de tirage postérieur).

60. Sujets gracieux, motifs de l'époque de la Restauration pour *Eventails*, dessus de boîtes, etc. Seize pièces. Très belles épreuves, la plupart *coloriées*.

61. Figures, Sujets divers et Paysages, 13 pl. par Demarteau, Bonnet, *tirées en sanguine*.

62. Sujets divers, 19 pl. par ou d'après la Mme de Pompadour, Gillot, Swebach, Oudry, etc.

63. Sujets gracieux. Vingt pièces.

64. Sujets divers, 20 pl. par ou d'apr. J. B. Le Prince, Bartolozzi, Demarteau, Dardel, etc., la plupart en belles épreuves.

65. Sujets divers, 27 pl. par ou d'apr. Jeaurat, Vanloo, Natoire, Eisen, Beauvarlet, etc.

EISEN (d'après Ch.)

66. Buste de jeune Femme, par Bonnet, 1767. Très belle épreuve *tirée sur papier bleu, avec rehauts de blanc*.

67. Têtes de fantaisie. Quatre pièces par J. C. François. Belles épreuves, *tirées en sanguine*.

EX-LIBRIS

68. Bourbon-Busset (de) 2 var. : Munich (Bibl. de l'Electeur de) — Le Camus de Néville — De la Fenestre, etc., 13 pl. Belles épreuves.

69. Munich (Bibl. de l'Electeur de) — Le Camus de Néville — de Guimps, etc., 8 pl. Belles épreuves.

FRAGONARD (d'ap. H.)

70. Le Baiser à la dérobée, par N. F. Regnault. Très belle épreuve.

71. La Bonne Mère, par N. de Launay. Très belle épreuve du 1er tirage.

N° 90 du Catalogue.

72. L'Heureuse Fécondité, par N. De Launay. Très belle épreuve.

73. Le Serment, par Bervic. Belle épreuve de tirage postérieur. Encadrée.

FRAGONARD et AUBRY (d'après)

74. L'Education fait tout — L'Abus de la crédulité. Deux pièces par N. De Launay, rares épreuves à *l'état d'eau-forte.*

FREDOU (d'après J.-M.)

75. Têtes de fantaisie. Cinq pièces par J. C. François. Belles épreuves *tirées en sanguine.*

FREUDEBERG (S.)

75 *bis.* Retour du Soldat suisse. Belle épreuve, *coloriée.*

76. Le Petit Jour, par N. De Launay. Epreuve encadrée. (Manque un peu de conservation).

77. Le Petit Jour, par N. De Launay. Epreuve du tirage de Marrel.

GAUTIER-DAGOTY

78. Louis XV surnommé le Bien-Aimé. Très belle épreuve *imp. en couleurs* (petites épidermures). Encadrée.

79. Du Barry (la C···). Très belle épreuve tirée en noir, avec quelques rehauts. Très rare.

GRATELOUP (J.-B.)

80. Descartes (René), d'apr. Hals (3). Superbe épreuve du 2ᵉ état, *avant la lettre,* sur chine doublé.

81. Dryden (J.) (F. 4.) Très belle épreuve sur chine doublé. Très légères piqûres. On y a joint le portrait du même personnage, par S. de Grateloup, soit deux pièces.

N° 93 du Catalogue.

GREUZE (d'ap. J. B.)

82. Les Sevreuses, par Tilliard. Belle épreuve, *avant toute lettre*. Encadrée.

HALBOU (L. M.)

83. Le Messager Fidèle, d'ap. Lallié. Très belle épreuve (cassure)

HEILLMANN (d'après)

84. Le Bon exemple — Mlle sa Sœur. Deux pièces par Chevillet, se faisant pendants. Épreuves salies (petites restaurations). Encadrées.

HOGARTH (W.)

85. Les Aventures d'une Fille publique. Suite complète de 6 pl. Belle épreuve du tirage postérieur.

HUET (d'ap. J. B.)

86. L'Éventail cassé, par Bonnet. Très belle épreuve, *imp. en couleurs* (remargée, légères restaurations).

87. L'Heureux Chat, par Bonnet. Belle épreuve (sans marge sur 3 côtés) *imp. en couleurs*, avec rehauts (petites restaurations).

88. Vue intérieure d'une Ferme, par Mattey. Très belle épreuve, *imp. en couleurs* (sans marges).

89. Vue d'une Fontaine antique, par Bonnet. Très belle épreuve *tirée en plusieurs tons* (sans marges).

HUET et BAUDOUIN (d'après)

90. Le Goûter — Le Dîner — Le Souper. Trois pièces (d'une suite de 4), par L. M. Bonnet. Très belles épreuves, *imp. en couleurs* (petite épidermure à une pl., et trous de vers à une autre pièce).

Nᵒ 135 du Catalogue.

HUET et RAOUX (d'après)

91. Les Grâces enchaînées — L'Amour couronné —
Le Rendez-vous agréable — Le Devin de Village.
Quatre pièces par Beauvarlet et Chaponnier.
Bonnes épreuves.

ISABEY (d'après J. B.)

92. Napoléon Ier et Marie Louise en Grand Habit du
Couronnement. Deux pièces par Pauquet, se faisant pendants. Belles épreuves, *coloriées*. Encadrées.

JANINET (J. F.)

93. L'Amour — La Folie. Deux pièces de forme
ovale, d'après H. Fragonard, se faisant pendants.
Très belles épreuves, *imprimées en couleurs,*
petites marges coupées en ovale. Encadrées,
cadres anciens.

94. L'Agréable négligé, d'ap. Baudouin (E. B. 28 A).
Très belle épreuve, *imp. en couleurs.*

95. Le Char de Galathée, d'ap. Bouchardon. Très
belle épreuve *imp. en couleurs* (pli).

96. La Folie, d'ap. H. Fragonard. Belle épreuve *imp.
en couleurs* (sans marges, petites restaurations).

97. Vénus sur les eaux, d'après Charlier, petite pl. de
forme ovale. Superbe épreuve, *imp. en couleurs,*
toutes marges.

LANCRET (d'ap. N.)

98. Les Amours du bocage — La Vieillesse. Deux
pièces par N. de Larmessin. Belles épreuves
(cassure à la 1re pl.).

LAWRENCE (d'après Sir Th)

99. Wellington (Duc de), par S. Cousins, 1828
(A. Whitman 171). Très belle et rare épreuve du 2^e
état (sur 4), *avant la lettre.*

100. *The Rose Bud*, par J. B. Jackson. Très belle et rare épreuve (*proof*) à la *lettre grise*.

101. A. *Study* (Lady Selina Mead, Countess Clammartinies), par F. C. Lewis. Belle épreuve.

102. Blessington (C^{sse} de) (English Lady) par Reynolds (A. Whitman 31). Très belle épreuve (légères piqûres). Encadrée.

103. Grosvenor (Elisabeth, C^{sse}), par S. Cousins (A. W. 77). Très belle épreuve du Ve état sur VI. *avant* le changement dans la date. Encadrée.

104. Le Mis de Douglas et Lady Susan Hamilton, par F. C. Lewis. Belle épreuve, *avant le titre*, sur chine.

105. The Duke of Reichstadt, par W. Bromley. Belle épreuve (*proof*) sur chine (petite piqûres).

106. Lady Wallscourt, par H. Phillips. Très belle épreuve. Encadrée.

LAVREINCE (d'ap. N.)

107. La Comparaison, par J. B. Chapuy (12 A). Très belle épreuve *imp. en couleurs*. Rare.

108. Le Billet doux — Qu'en dit l'abbé ? Deux pièces par N. De Launay, se faisant pendants (10 et 51). Belles épreuves de tirage postérieur.

LE BAS (J. Ph.) ?

109. Scènes de réception dans la Franc-Maçonnerie. Suite complète de 7 pl. Belles épreuves, *coloriées*.

LE CŒUR (L.)

110. Promenade du Jardin du Palais-Royal, 1787. Très belle épreuve *imp. en couleurs* (sans marges sur 3 côtés, petites éraillures).

LEGOUX (L.)

111. Dauberval (J. B.) — Dauberval (Mme Th.). Deux petites pièces se faisant pendants. Belles épreuves.

LE PRINCE (d'ap. J. B.)

112. La Crainte, par N. Le Mire. Belle épreuve du 1er état.

113. *The Welcome Necos*, par Bonnet. Belle épreuve *avant la lettre, imp. en couleurs.*

LOUIS XVI et MARIE-ANTOINETTE

114. Louis XVI et Marie-Antoinette, petite pl. de forme ronde — Marie-Antoinette, par Phélippeaux et Nilson — Mme Élisabeth, par Canu. Quatre pièces. Belles épreuves (2 imp. en couleurs ou coloriées).

MARTIN (J. B.)

115. Travestis de Théâtre, 10 planches par J. B. Martin, Gaillard, etc. Très belles épreuves, *coloriées.*

MOREAU LE JEUNE (d'après J. M.)

116. La Partie de Wisch, par J. Dambrun. Très belle épreuve.

117. Couronnement de Voltaire au Théâtre-Français, par Gaucher (201). Belle et rare épreuve *avant les armes*, grandes marges.

MOREAU LE JEUNE — FRANÇOIS (J. C.)

118. Répertoire, par N. Ponce (250). 1er état à *l'eau-f. pure* — Monument à la gloire de Stanislas, duc de Lorraine. Deux pièces.

MORLAND (d'ap. G.)

119. *The Contented Waterman*, par W. Ward, 1790. Belle épreuve.

Nᵒ 141 du Catalogue.

120. *The Piggs*, par W. Ward. Très belle épreuve *imp. en couleurs* (filet de marge).

NAPOLÉON Ier (Est. relatives à)

121. Napoléon le Grand et Marie-Louise unis par le Génie de la Paix, par Girard, d'apr. Boizot. Très belle épreuve *tirée en 2 tons* et *coloriée.*

PARROCEL (d'apr. Ch.)

122. Halte des Gardes Suisses, par Le Bas. Belle épreuve.

PORTRAITS

123. Chardin (J. B. S.), par J. F. Rousseau — Lépicié ((B.), par le même, *avant toute lettre* — Jombert (C. A.), par S¹ Aubin — Caylus (C¹ de), par Cochin fils. Quatre pièces. Très belles épreuves.

124. Geoffroy (S. T.), médecin, par L. Surugue, d'apr. N. de Largillierre — Coypel (Ant.), par J. B. Massé. Deux pièces. Belles épreuves. Encadrées.

125. Necker, par Boillet, *imp. en couleurs* — Jeliotte (P.), par Cathelin, d'apr. Tocqué — La Martinière (Pichaut de), par Gaillard. d'apr. Latinville. Trois pièces, la 1re en très belle épreuve.

126. Warens (Mme de) — Frédéric II — Napoléon Ier — Marie-Louise, etc., 9 pl. — Scènes de la Révolution, 4 pl. Ensemble treize pièces. Belles épreuves.

127. Fénelon — Philippe d'Orléans — Scaramouche — Dorat — Louis XVI — Marie-Antoinette — Chanville, etc. — Quatorze pièces par S¹ Aubin, Dupin, J. N. Tardieu, Duponchel, etc. Belles épreuves (2 *avant la lettre).*

128. D'Eon de Beaumont (Chevalière). Deux pièces par Bradel et Burke. Belles épreuves (la 2e *coloriée).*

PRIEUR (d'après)

129. Scènes de la Révolution Française, 54 pl. par Ber-
thault, 2ᵉ étition.

PRUDHON (d'apr.)

130. Le Coup de patte du chat — L'Amour séduit l'Innocence — L'Innocence préfère l'Amour à la
richesse, 3 pl. par Prudhon fils et B. Roger. Belles
épreuves.

131. La Soif de l'or — L'Amour réduit à la raison —
L'Amour et l'Amitié, etc., 10 pl. par Debucourt,
Copia, Aubry Lecomte, etc.

QUENEDEY (Edme)

132. Mercadier, médecin — Cᵗᵉ de Burry — Carl, de
Strasbourg — Campora de Pezzula, de Nantes
— de Bordenave — de Béthune — Laroche,
médecin — Pᶜᵉ de Courlande, etc. Vingt pièces.
Belles épreuves.

RECUEILS

133. GALERIE DES PEINTRES FLAMANDS, HOLLANDAIS ET
ALLEMANDS; *ouvrage enrichi de Deux Cent une
Planches gravées d'après les meilleurs Tableaux
de ces Maîtres..., avec un Texte explicatif... par*
M. LEBRUN, *Peintre* — Paris, chez l'Auteur, 1792-
1796—3 tomes en 2 vol. in-fol., carton de l'époque.
Bel exemplaire avec les planches *avant la lettre.*

134. *A Set of Prints Engraved after the most capital
Paintings in the Collection of Her Imperial
Majesty, the Empress of Russia...* — London,
J. Boydell, 1788 — 2 vol. in-fol. (incomplets)
contenant 66 pl.

REYNOLDS (d'apr. Sir Joshua)

135. Dawson (Lady Anne), par J. Mac Ardell, 1754 (G. G.
35). Très belle épreuve (petite tache).

130. Orléans (L. Phil. duc d'), par J. R. Smith, 1786. Belle épreuve.

137. *A. Shepherd Boy*, par J. Barney, 1788. Superbe épreuve, à *la lettre grise*.

138. *Reflections on Clarisse Harlow*, par G. Scorodomoff, 1785. Très belle épreuve.

RIDINGER (J. E.)

139. *Parfaite et exacte représentation des Divertissemens de grands Seigneurs oû parfaite Description des Chasses...*, 1729, titre et 30 pl. en 1 alb. in-fol. obl. cart. Belles épreuves.

140. Scènes de chasse, 6 pl. in-fol. Belles épreuves (petites cassures).

ROMNEY (d'apr. G.)

141. *Sensibility* (Lady Hamilton), par R. Earlom, 1789. Magnifique épreuve *imprimée en couleurs*.

ROSSI (Andréas) — KILIAN (P. A.)

142. Joseph II et Léopold, grand duc d'Etrurie, d'apr. P. Battoni, 1775 — Frédéric, roi de Prusse. Deux pièces. Très belles épreuves.

SCHALL (d'apr. F.)

143. Paul et Virginie, par Descourtis. Belle épreuve, *imp. en couleurs* (sans marges sur 3 côtés).

SERGENT (A. F.)

144. Portraits des Grands Hommes, Femmes illustres, et sujets mémorables de France, gravés et imprimés en couleurs, dédiés au Roi. — *A Paris, chez* Blin, *Maître Imprimeur en Taille-douce, place Maubert, n° 17* — MDCCLXXXVIIII. Suite complète des 192 planches en feuilles, en magni-

Nº 149 du Catalogue.

fiques épreuves imprimées en couleurs, à toutes marges, dans leurs couvertures et cartons de publication. Fort rare à rencontrer dans cet état et dans cette condition.

SICARDI (d'apr.)

145. *Ah! come l'avessi in bocca — Sa Mélodie charme les cœurs — Mirate che bel visino.* Trois pièces, par Mécou. Belles épreuves.

SILANIO (C.)

146. Suite de dix estampes relatives aux derniers moments de Louis XVI et de Marie-Antoinette, d'après Benazech, Aloisin, Pellegrini, *imp. en couleurs* (quelques-unes manquent de conservation).

SIMON (J. P.)

147. L'Amitié, d'après Le Roy. Très belle épreuve *imp. en couleurs*.

SIMON (J. P.) — AUGRAND (P.)

148. La Française coquette, par Prudhon fils — La Précaution. Deux pièces. Belles épreuves, *imp. en couleurs*. Encadrées.

SMITH (J. R.)

149. *What you will*, 1791. Magnifique épreuve *imp. en couleurs*, avec légers rehauts, à grandes marges. Très rare dans cette condition.

SPORTS

150. Sujets de Chasses, 10 pl. d'apr. C. Vernet, Howitt, etc. Belles épreuves.

STRANGE (Robert)

151. Les Enfants de Charles Ier, d'apr. A. van Dyck. Très belle épreuve. Encadrée.

SUISSE

152. Cascade de Pisvache — Vue d'Inkerlaken. Deux pièces *coloriées* et *gouachées*. Encadrées.

TAUNAY (d'apr.)

153. Noce de village, par Descourtis. Belle épreuve, *imp. en couleurs* (remmargée, légères restaurations). Encadrée, cadre ancien.

VANLOO (d'apr. C.)

154. La Confidence — La Sultane. Deux pièces, par Beauvarlet, se faisant pendants. Belles épreuves, remmargées.

VERNET (d'après Carle)

155. Le Galop de Chasse — La Chasse au Renard — Deuxième suite de chevaux, pl. 4, 13 et 23 — Chef de Mamelucks — Officier supérieur. Sept pièces, par Levachez. Belles épreuves.

VIGNETTES

156. Vignettes et frontispices du XVIIIe siècle — Contes de La Fontaine, etc, 37 pl. Belles épreuves.

WATTEAU (d'apr. Ant.)

157. Le Conteur, par C. N. Cochin. Très belle épreuve.

158. Partie de campagne, par W. Blake. Petit in-fol. de forme ovale. Très belle épreuve *imp. en couleurs* (petite marge). Encadrée.

159. *Belle, n'écoute rien... — Pour garder l'honneur d'une belle.* Deux pièces par Cochin, se faisant pendants (76-77). Belles épreuves.

WHEATLEY (d'apr. F.)

160. L'Avis paternel, par Field. Belle épreuve, *imp. en couleurs*, avec rehauts (trous de vers).

161. Sous ce numéro, il sera vendu quelques estampes non cataloguées.

FRAZIER-SOYE

Graveur-Imprimeur

153-155-157, Rue Montmartre

PARIS

Imprimé en France
FROC021442060720
24425FR00006B/189